さつまはおりむし

宮内洋子

思潮社

さつまはおりむし

宮内洋子

写真提供＝大木公彦、装幀＝思潮社装幀室

To Elizabeth
From Yoko

さつまはおりむし

噴火

桜島という盆栽に
炎の華が咲く
雲の形を生きものに喩え
吹きあげる
瞬間の形成
人形や動物の形、花や木や
ふわあっと山頂を煙に巻く

海底のたぎりでは
うごめきゆれるサツマハオリムシ
水深八十メートルにある

地球のへその緒
チューブワームとも呼ばれ
ヘモグロビンの赤い尾っぽ
生命の源を羽織の虫とは
薩摩の熱い地

活火山の産道は
噴煙のマグマの
いのちの通り道

産声をあげつづけている
小きざみに
大地の声　海底の岩肌の感触
はおりむしの揺れ
音の無い　音の聞こえない
爆音が

ふっふっと花を散らす

＊鹿児島県地学会『地球からのメッセージ』のサツマハオリムシ参照（大木公彦編集）

生命

地球のへその緒が
立ち泳ぎしている

錦江湾の海底火山しゅうへんで
さつまはおりむしが
一九九三年　発見された
口や消化管のない生きもの

共生バクテリアのために
硫化水素　二酸化炭素　酸素を
とりこんで

バクテリアから栄養素をもらっている

口と消化管のない
筒状の八十センチの生きものが
火山爆発の海底のたぎりで
地球のへその緒
立ち泳ぎしている

生命のはじまりを繋いできた

＊錦江湾は鹿児島湾の別名
＊「錦江湾には水深二百メートルにチムニー（熱水噴火孔）があり、火山ガスが海上まで泡を噴き出している箇所がある。」二〇一一年十二月九日、EテレサイエンスZERO「鹿児島湾知られざる巨大海底火山」より

たぎり

錦江湾の海底に噴いている
たぎり
熱湯が噴いている
鉱物の巣窟を埋蔵している
海底の卵巣

へその緒はたち泳ぎしている
さつまはおりむし
三十五億年前の
マグマの申し子
生物原初の姿

波はたちさわぎ
満々とした羊水の湾内を
いるかが
ゆうゆうと泳いでいった

桜島が噴火して
血の煙をあげた

地響きで隆起した
シラス台地は
灰かぐらで
肉付きのいい児に
育っていく

＊鉱物（レアメタル等）

きんこう

街と桜島がせめぎあっている
仲をとりもつように
きんこう湾
街は　一歩もゆずれない
山の降灰にまみれながらも
声を荒げてはいけない
山が怒りを爆発させたら
ひとたまりもないとしっている
逃げ出すこともできない
湾にはさざ波がたっている
街は

噴火のたびに煙を
あおぎみるが

山肌の陰影に
風の精がたむろしているのを感じる

山は中心に在り
灰のバリケードを築いている
きんこう台やきんこう町は湾をかこう

スクリーン

頭上にふれるもの
目の前に　落ちはじめたもの
あたりは　くらくなって
肩の上にも
サンダルの小指にも　からまりつく灰
両手をひろげて　受けとめる　リズ
ブロンドの髪が　灰にまみれる
しゃがんで　灰をかきあつめて
おみやげに　持ってかえりたい
無邪気に　はしゃぐ姿に
さつまに住む人は　あきれる

降灰に悩み　口の中には
ざらっと　砂をかみつづけている住人
灰かぐらをあびながら
灰のおみやげを　いっしょにあつめた

もうすぐ　灰のスクリーンは
幕を降ろして
夏の陽ざしがまともに照りつける

イエローローズ

地球創世の洞窟に
ペニー女史が潜入していた
メキシコのヴィラ・ルース洞窟
硫酸の雫が
はかなげにぶらさがっている洞
涙のしたたりのような雫

四十億年前の生命の不思議に
探検隊は挑んだ

バクテリアが巌を溶かして

洞窟ができたのである
十年間で二ミリメートル溶かしてきた

酸素マスクをつけながらの探検
濃度の高い奥の方には
硫化水素のバラの花が咲いていた
イエローローズと呼ばれている
硫化水素のバラの壁が
生命のはじまりを華やかに
演出していた

福耳

明治に生まれ
大正三年に桜島大爆発があった
四歳だった
親もきょうだいもまわりに
みあたらないので
一人
庭の大木にしがみついた
一人で耐えて
生きてきた　家族のために
耐えてふくらみつづけ

まぐまはれつした
動脈瘤破裂

紅く染まった血の跡
耳たぶは　福耳のまま
大往生した

ポンペイ

ヴェスヴィオは
紀元七十九年八月二十四日正午すぎ
大爆発
生物体腐食後の空間に
石こうを流して型どった
生きていた当時のままの
人型が残っていた
両手をひろげ
脚もひろげて
あおむけの姿
こわばったままの人物だった

パン屋のかまどはアーチ型
二千年前の遺跡の前で
パンの匂いを吸いこんだ
汗を拭く
フレスコ画やモザイク画の
壁画は
生活の一部が描いてあった

突然の火砕流に怯えて
逃げまどう人々の姿が
灼熱の日差しの中にある

二千年前三日間の地獄の惨劇のあと
逃げのびた人々も毒ガスに倒れ
厚さ六メートルのしかばねの山が

長々と続いていた

*『BONECH―一九五四』参照

祭壇

花の姿を凝視する
水をたっぷり吸いこんだ
グリーンオアシスに
千代見草を挿す
どんな花にも
前とうしろがあり
表情もある

死者のための
飾り花になる枝は
生きている人々の方に

顔を向けている
祭壇花は
浪のうねりを
アレンジした

舞台背景は
桜島と雲海
錦江湾に浮かぶ
花の浪に
ローソクの灯が
銀鱗を泳がせる

＊千代見草は菊

トンボロ

いのちの博物館で
恐竜の歯の化石をみる
甑島で発見された

吹上浜からみえる
甑島なのに
北九州でみているかせき

恐竜の模型が
展示場を埋め尽くしている
恐竜の歯がみつかった地にある

甑島のトンボロは
陸と陸を繋ぐへその緒
羊水をかぶりながら
潮の血脈をあびている

陸洲のくびれは
白砂のきまぐれ
陽にさらされると
熱を帯び
汐に愛撫
をうけて
身を捩る
命綱の
紐
緒
おっぽ

トンボロの
生命
きょうりゅうの
首
甑島から命の博物館
へ
あるいていった
足跡はさらされている

白亜紀後期

甑島は
吹上浜から
拝むことができる
夕焼けの海上に
なだらかな島の形が
浮かびあがる

吹上町所有の久多島が見えるが
甑島と同じ白亜紀後期の
姫浦層群の地層

六千五百万年位前
隕石衝突の時期に
恐竜は化石化した
断崖のそそりたつ甑島
海岸の
貝池には
硫化水素の死の湖底がある

海洋底が貧酸素化に
なった時期
赤い水底の層ができて
現存している
池に落ちた生きものは
白骨化する

夏休みの恐竜展で

子供たちが
古代の夢を見る

縄文の遺跡

一九九七年五月
上野原遺跡発掘現場へ行った
一ヶ月限定の説明会
錦江湾上に桜島が
見渡せる地形で
海抜二百メートルの高台にある

水飲み場へ続く径は
踏み固められていて
住居跡からのびている

燻製料理用の連穴土坑は
筍を土の中で蒸し焼きに
する料理方法と同じである

白線に囲われた土器や
石ころ
石の上で焼いていた
料理法も公開された
薩摩火山灰一万一千五百年
早期前葉九千五百年
アカホや火山灰（鬼界カルデラ）六千四百年
火山灰の断層は
紬の織物の文様に見える
レンガ色　夕焼け色　薄墨色

熱く語る

埋蔵センターの作業服の職員

ここで調理していたのです
掘り起こしの作業中の婦人達に
気づかいながら
掌のマイクを握りしめる
汗がにじんでいる

活火山の降灰で村は埋もれ　それでも
同じ地に何回も　村は築かれていた

天井桟敷

立ち見席で
女殺し油地獄の
歌舞伎を観た
菜種油の黄金の花
背景には桜の花が咲いていた
仁左衛門の粋な男っぷり
隣の人の腰に
手をまわしたら
ふわふわだった
手をひっこめながら
外国人のお腹が通り抜けられないのです

歌舞伎座が壊される前に
一度でいいからと
天井桟敷へ寄りかかる

金に目がくらんだ男と
油屋のおかみさんの
油まみれの血染め劇は
恋の鞘当て
柝が入る

外に出ると
雨が降り始めていたので
相合傘で銀座を歩いていった

マッチ棒

就職列車を見送りにきた
かあさん
ちぎれそうに手を振ってくれた
その手が
どこまでも追いかけてきて
風の吹く日は
「元気にしているかい」
戸を叩いたりした

三年間銀座のレストランで
エビの皮と玉葱の皮をむいていた

被爆した女と出会って
十八歳で結婚した

焼酎瓶が友達だ
さつま男児だ
マッチ箱のようなわが家

都会の隅っこで
マッチ棒に火をともすと
ふるさとの　海と川と山が
浮かびあがる

三人の子供も孫も元気に育っている

ほろ酔い気分で

マッチ箱を　クチャクチャ
ゆすってみた

灰

灰を踏まないでと
娘はいう
死んだ人の灰でしょ
屋根の上にも
庭にも
部屋の内まで　入りこんできた灰を
踏まないでくれという
三歳で　父を亡くした
娘はいう

一歩を踏み出せない日もある

旅

ある国にいた
持病の薬は
うっかり忘れてきていた
一人旅だった
乾ききった大陸
二百年後は
砂漠化するでしょう
石の大橋の下には
水が流れていない
乾いてくるのどの奥
ペットボトルの水は

残り少ない
人類原初の洞穴住居跡が
眼下にみえる
これ以上
足を踏みこんではいけません
泥が崩れてきます
涙は枯れています
ゆらいでいる足下に
観光客用の立札が
ゆがんで建ててある
その日最後の
観光客に
急いで歩いて下さいと
急な階段が迫ってくる
一人旅の女には
いつも

哀れむ夫婦の目が四つ
後姿につきささる
薬も水分も
ありあわせで
がまんできるが
カプセルの中にいる
いはいの夫は
誰の目にも
ふれさせない

カルメン

馬が前脚をそろえて
挨拶をする
舞台の上で
どんな名優でも
馬の演技には
かなわない
男と女の物語は
死で終わる
死で始まるのだろうか
絞りたての牛乳のぬくもりが
観客の拍手でとび散る

気分が悪くなる
血圧があがる
めまいがする
どよめきがクライマックス
薬を口にふくんだ
熱気でつぶれそうだ
血はふきでない
舞台の上の殺人
二粒の薬を口にふくむと
幕は降りた
バッグの底の
溶けたチョコレートに
苦みが残る

犬と蟬と

吹上浜から半里の町に
住んでいた母と
二歳半のわたし
父は出征中だった
父のかわりに　黒くて大きな犬
ドルがそばにいてくれた

昭和二十年六月十七日
となり街鹿児島市は大空襲
流れ焼夷弾が
空から落ちてくる

戦闘機が
頭上をかすめていく
吹上浜上陸作戦が目前
逃げまどう　女　子供　老人

竹槍の練習があったという
落下傘が降りてきたら
足下がふらついている間に
兵士を刺せ
竹槍で一突きにする訓練

整列　なおれ

吹上浜上陸前に
女は丸坊主、男装をしていた

私のおぼろげな記憶の底に
母が防空頭巾をかぶせ
ひもを結んでくれた
ドルが体をこすりつけるように
一緒に防空壕へ避難した
シラスの洞穴の
灯りのまわりは
黒い紙製のジャバラで
囲いがしてあった

終戦のラジオ放送は
逃げのびた山奥の水車小屋で
聞いたと母が語った
蟬が一斉に鳴き出したとも

牛小屋から牛の声

モホウ　モホウ
朝もやの中から
牛の声が生まれる
乳色のもやの中から
声が届けられる
平原の牛小屋から
餌をくださいって
所望の甘え
母屋を包みこんだ
信頼のつぶやき
涎の白い沫をぱくつかせて

鼻輪はむずがゆく
綱にひっぱられて
首を上下にふっている

牛の声にめざめた子供達が
牛舎へ走っていく
飼葉桶の前で
反芻している牛
モホウ　モホウ
夏草の中　さつま芋の畝を渡る風
夏休みの宿題は
牛の声をビニール袋につめて帰る

五千年前の野牛が吼えている
野牛の声は
雷神の音と信じられていた時代

稲光に立ち向かっていた時代
岩山に潜んでいた野牛は
空《くう》に棲んでいた
人間とは隔たっていた
モホウ　モホウ
声だけが　さまよっていた

ラスコーの洞窟に描かれている野牛は
人間に角を向けている
人と獣の交信が始まった

野牛の仮面をかぶり
横笛を吹いてみたり
呪術殺生
生け贄の生首
闘牛の角のつつきあい

荷役の牛車
牛にひかれて善光寺
牛鍋を炭火にのせて
牛鍋は警戒
狂牛病だ
口蹄疫だ
餌わら汚染牛

紀元前六千年の雄牛の上に立つ
不恰好な男神小僧（世界宗教史より）

牛と歩いた人類の歴史は
牛小屋からの牛の声
共に生きてきた

飼い主が

この世を去る日
一声吼えた
牛の眼はうるんでいた

空の牧場（ツアー客）

杖をついて
うつむきかげんで
冬の空へ向かう旅人

空への一歩
タラップを昇ると
冬は温暖化で
まあだ秋の気配
白樺や柏の木が紅葉している
虫食いの一張羅の背広を脱ぎすてて

大地を見下ろす
掌よりも小さなカメラで
撮り続ける牧場

北キツネ　宗男ロード　シャケに白鳥
虹の摩周湖　雪のオンネトー湖

杖を放り出し
年齢を忘れ
時を惜しむ

冬のタラップを降りた時
「急がんな　ベブのとこいへ
　早よ　いんもはんなら」

杖無しで一頭飼っている牛小屋へ　走っていった

八十五歳の人

＊ベブとは牛のこと

あけがたの夢

あぐらをかいた
和服姿の夫は
赤児を抱いていた
二十七年もまえに

夢だったので
法名釋三相孤児の位牌を
僧侶に作ってもらった

夫の壺と並べて納めた

亡き人間どうし潜んでいた
二十七年間
生きてきた私と四人の娘

夢を見た
部屋の扉を開けてくれと
つきまとう影
あの世から　浮遊してくる
夫と三相孤児
夫は　角膜献眼しているので
私たちは　見えないはずなのに
他者の眼として　役立っていた
　　　　　　　　　　はずなのに

他者の身体といっしょに
灰になったのですか？

閂《かんぬき》

夢の中で　鍵を　鍵を開けなければ　と。
畳の上で　地団駄踏んでいた。
金縛りにあって　光の渦の中にいた。
あおむけだった。
横を見ると　おくるみに包んだ　かいこ状の包みが
畳の上に一つあった。
春の嵐が　夜闇の木々をゆすっている。　扉や窓を叩いている。
夫が帰ってきた。
鍵を開けなければ。
鍵を開けなければ。
ますます　身体は　呪縛から解けそうにない。

夫だから　家の鍵は持っているはず。
そう　いいきかせて　一息ついた。
夢から覚めた。

ベッドの上のわたし。
テレビは　プツンと消したのだが　ひもを引くのを忘れて
頭上のライトは光を注いでいる。
ため息をつく。　何だろう。
呪縛の　凍りつくような瞬間。　真夜中。

夫はもう今年で二十七年忌を迎えるのだ。
家の鍵は　何回も造りかえた。
おくるみの中のふんわりしたものは
水子
水子に違いない。
夫は　春の風になって扉を叩いていた。

俺といっしょに　墓の中にいる　わが児
　母を慕って　行方不明になった。
　墓地の中に　水子が　いないのだよ。

わたしは朝になると家の門を外して
水子を帰した。
でも　いつでも　遊びにおいでといった。
　わたしは　お母さんよ。

瘤じいさん

坊主頭に瘤のあるじいさまがいた
寺の係をしていて
年末の歳の市になると泊まりにきた
一度でいいから、もりあがっている
毛の無い瘤にさわってみたかった
じいさまの葬式に行ったが
瘤のことだけが気になった
棺桶の丸い底に
あぐらを組んで
両手を結んでいた
首はまっすぐ

半眼
口をへの字にして

墓地は山の中腹にあったので
縄を掛けて
丈夫な竹が担い棒
男達が急な坂を登っていった
深い穴が口を開けている
そろりそろりと
地の中へ降ろされた

棺桶の中で
瘤が頭部へ吸いこまれていった頃
重い頭は股間へ落ちる
生のはじまりの塒に落ちつく

山の彼方へ

背中に
新しい棺蓋をせおい
泥の道を歩いていく
坂道を登っていく　降りていく
孤立した村へ　配達にいく
壊れた木橋を　迂回して
獣道へ入る
田と畑は砂と岩に埋まっている
川は濁流、木の葉が枝ごと流れていく

日雇いの老人は

棺の箱の方を
ぎこちなく両手にかかえて
運んでいる
倒木につまずきながらも
屋根だけ残った
泥の山を眼下に見る

鹿児島市内をおそった
八・六水害のあと（平成五年）
さつま半島にも
九月
土砂崩れが　次々に起きた
台風が去ったあと
静まりかえった山肌が
崩れていった
降り続く雨のつぶて

シラス台地の弱みをついて
土砂は人家をおそう
人手が無かったので
老人と私は
棺の蓋と箱を
運びあげていく

自分が入る棺桶のような気がして
気が遠くなりそうである
吹き出た汗と泥で　墨衣の文様
夕焼けが　すぐそばまで　やってきて
うす墨の長い影は
棺と老人が磔刑に見えたが
持ち替えた

年輪

切り口を晒されて
羞恥で
肌色をちぢみこませている
隠蔽されて真っ直ぐに生えてきたのに
倒された　樹の切り口の
汁気が大気にふれた
樹木が立っていた匂い
百年　二百年
泥の中から生粋な水を吸いあげて
雨にうたれ　陽に暖められてきた

チェーンソーの刃先は
傷口に食いこみ
真っ二つに切断した
傷の痛みは
樹の間を走り抜けていった

この地は城趾
七百年前のつわものどもの陣地だった
樹は
春夏秋冬山城の手や足になり
まもりつづけてきた
切り株の年輪が
山城の精気を大口開けて
吸いこんで
ひと息ついた時
山は拓かれ　開放された

人と町が　山城跡にたてこもって
山を動かした

枯草に耳をあてると地下水の
聲がする
七百年前の眠りからさめて
視界がひらけ
東シナ海が見渡される
田園は眼下に
川を利用した濠
山をくわで削った切通し
シラス台地で
自然をたくみに活用した城跡は
九州の果てで
国の行く末を見守ってきた

国見岩から外国の白い帆の船がよく見える
戦国時代はいまもつづいている

ジャンベ

鹿児島県の小さな村　三島から
ジャンベ奏者が吹上町に　来た
市町村合併で揺れ動いている町へ

三島村は
ジャンベ王国になろうとしている
山羊の皮と木を刳りぬいてできた
アフリカの打楽器を
もろ手で叩き
土のかおりをまき散らす
体の芯が　リズムの芯になる

しなやかな軸になる
　　地軸になる
地球の真芯をとりこむ赤道
黄いろい　　大地
アフリカの
電気も水道もない地
文字さえもなかった小さな村
人類発祥の遺伝子が踊る
その地
人の魂が　ストン　と落ちる
鳴りひびく　リズム
打楽器と手のひらの弾み音
叩き口　伝承しつづけることが　命のあかし
タントトーン心臓の鼓動　胎動の記憶
未来への伝導音

三島村の徳田健一郎氏は
ジャンベ奏者　日本の第一人者
小さな村　点のような島で
日本初のジャンベ奏者としての認定証をもらったんだよ――
アフリカの片隅の村がその背景にうつし出される
舞台の上で
伝承と太鼓の一体感

人類誕生の不思議が
未来のみえる異界へつながり　いざなって
点になる　心音のはじまり

皮むき

蜜入りのリンゴの皮をむいている
くるうりくるりとむいている
切れた皮は　弧を描いて
リボンの端っこのように
宙に消えていく

宙に消えていく
流れ星
夜空を
むいて　むいて
流れ星が削られていく

光の皮が　天上から落ちて
落ちて
吸いこまれていった

流星雨は
大熊座の一辺になったり
カシオペアをリボンで飾ったり
オリオン座では剣がきらめく
弓月がゆるやかに昇る
十一月十九日　明け方の　獅子座
流星群
ジェット機の爆音が　音響として
天の川を渡っていった

光を浴びて
光にかこまれた

たたずむリンゴの種子
蜜の惑星が
口の中でとろけて
味を伝える

空を創る

半球のドームの骨組を整え
天を貼り合わせる
鉄骨を
クレーンでぶらさげて
空気圧を調整する
五階建て位の高さがいいでしょう
広さは東京ドームの三倍位
柱の無い空
天を突き抜ける樹を
あしらいましょう
空の色は

コロラド川の水底に潜んでいる色と
青いペンキを混ぜてつくり出す
地球創成期からの四十六億年の地層壁は
運べないから
おとぎの国の家のイメージで
三角屋根や丸い屋根を配置して
窓を精巧につくること
子供達には　決して
創った空だとは思わせないこと
雲の形は
セスナ機と同じ高さに浮かんでいた雲を
そっくり浮かべましょう
スケッチしておいたの
ラッコが水に浮いた姿
天使が飛ぼうとしている様子
白くまの親子が並んで坐っている姿

リスのシッポも
創った空に雲をスケッチして
かたまったままの雲に光を当てる
天と地、雲の形で
おとぎばなしがひろがっていく
おいしい
パンとジュースを手にして
散歩する
初めて空を飛んだライト兄弟のように
まばたきをしてみた？
砂漠に陽が
ゆっくりと落ちていく色づかいが
空を映してライトアップ
不夜城はつくりものであることを忘れていく
空の上に空があるというのに

ひととき

晩秋になると
一本の銀杏の木が
黄金色のいでたちで
まわりを圧している
水路には断頭台に似た
堰が
どっしりと腰をすえている
稲の刈り入れ時には
水はせきとめられて
側溝は勢いよく流れていく
土手に

浜辺に朽ちすてられていた小舟が
今にも
すべり出しそうに置いてあった

銀杏の色に魅せられて
細い径を　昇っていくと
木造りの飛行機が
ブランコになって　飛行している
風に委ねている
中型飛行機は目線の高さで着地
飛行を待っていた

香港料理人の蔡さんが
手作りの庭園を　造形している

客室から外を見渡すと

山々　田園　雲の行方まで
時がとまって　ただよっている風

客室乗務員のエプロン姿に
雲のふわふわを入れて
カプチーノをちょうだい
ブランコをゆらしながら
注文の品を待つひととき

明け方の月

十三夜に
彼の国から届けられた
光のたば
二十八年目のおもい
質量があるのだろうか

右の足のふくらはぎまでと
左の足のくるぶしまで
ベッドの両足に
ふりそそぐ
青白い光の冴えたたば

彼の人が　ふれてきた

身動き　できない
夏と秋のとびらは
押しひらいてあけておいた

死者になりきろう
動かないでと
自分に言いきかせる
死者の愛撫を全身に浴びたい
待ってみる

遠ざかる気配がして
白む空は
淡くてうすうく変幻していった

微風が全身にくまなくふれた

玉子

玉子は
こわれやすい
せんさいだ
玉子を　手のひらにのせて
ころがすと
殻のささやきが　きこえてくる
玉子は横たわる
地にすべてをゆだねないで
ころんと　重心を保っている
ゆれやすい心をもっている
殻をむかれて

脱皮をしたいと
願っている
羽根の生えるのを
待っている

玉子という玉子料理の上手な娘がいた
温泉宿の仲居だった
湯治客を　ころんとまいらせて
嫁にいった
殻をむいてもらったのだ
若い玉子の殻は　むきにくかったが
肌は　なめらかでいおうのかおりがして　色白だった

産みおとされたときから
玉子は一人ぼっち

さいしょの夫が亡くなって
古い玉子の殻になったが
ころんと男の前に横たわった
今度は
糊づけしたゆかたのように
カラッとむけた

三人目の夫にも尽くして　小金と家を手にした

まわりには　だあれもいなくなって
古い一個の玉子に戻った
玉子の身体から　卵の中みがぬきとられ
空っぽの　殻になった
空っぽの　殻になった　ひびわれそうだった

絵描きがやってきて

殻に　十二ひとえの絵を描き
着物をはりつけた
目　鼻　口　を
もぞおかふうに　えがいた
羽根のような　ふりそでは
　　　　　　　つけてもらえなかった

今でも　桃の節句になると
めびなの細い眼が
ひな壇の上で
男を　物色している

次の男はあなたかもわかりませんよ！

＊もぞおかは方言でかわいい

汽水

伊作川は
吹上浜の弧の中心にある
大海と陸をつないでいる

淡水が海へ注ぎこむ河口では
汽水が入り乱れている
山から流れてきた　始源の水
草木から落ちた朝露の雫たち
満潮でさかのぼる　潮の勢い

よその国のゴムボートも

やってきて
人財をさらっていった
海という母体
川という陸地へつながる
へその緒の流通
地球上に　分布している
惑星の水路

あとがき

第五詩集を十年ぶりに刊行します。
第一詩集は『グッドモーニング』（ジャプラン）
第二詩集は『海ほおずき』（詩学社）
第三詩集は『ツンドラの旅』（思潮社）
第四詩集は『陸に向かって』（思潮社）
『宮内洋子詩集』（ジャプラン）

『さつまはおりむし』に収められているのは、中村なづな主宰時の「濤」、「天秤宮」等へ掲載された作品です。

私の詩集は、これまで全て長谷川龍生先生の「しおり」をいただいております。感謝しております。

読んでいただいたみなさまへ、ありがとうございましたとお礼申しあげます。

二〇一二年春

宮内洋子

宮内洋子

詩誌「禱」同人
詩誌「天秤宮」主宰
日本現代詩人会、日本詩人クラブ会員

さつまはおりむし

著者
宮《みや》内《うち》洋《よう》子《こ》

発行者
小田久郎

発行所
株式会社思潮社
〒一六二―〇八四二　東京都新宿区市谷砂土原町三―十五
電話〇三（三二六七）八一五三（営業）・八一四一（編集）
ＦＡＸ〇三（三二六七）八一四二

印刷所
三報社印刷株式会社

製本所
誠製本株式会社

発行日
二〇一二年六月三十日